Y TOCYN RAFFL

Anni Llŷn

Lluniau gan
Catrin Meirion

Cyhoeddwyd gan CAA Cymru, Prifysgol Aberystwyth, Plas Gogerddan, Aberystwyth SY23 3EB (www.aber.ac.uk/caa).

Ariennir gan Lywodraeth Cymru fel rhan o'i rhaglen gomisiynu adnoddau addysgu a dysgu Cymraeg a dwyieithog.

ISBN: 978-1-84521-706-8

Golygwyd gan Fflur Aneira Davies a Marian Beech Hughes
Dyluniwyd gan Richard Huw Pritchard
Argraffwyd gan Gomer

Cydnabyddiaethau

Diolch i Dr Carol James, Heulwen Hydref Jones, Marc Jones a Siw Jones am eu harweiniad gwerthfawr. Diolch hefyd i Lisa Morris (Ysgol Glantwymyn) ac Anwen Jervis (Ysgol Llanbrynmair) am dreialu'r deunydd.

Ceir gweithgareddau i gyd-fynd â chwe nofel Cyfres Halibalŵ ar wefan Hwb (addas i CA2; awdur: Siw Jones).

1
Helynt

Mae ambell beth yn y byd 'ma yn dod fesul dau, ac fel arfer maen nhw'n debyg iawn i'w gilydd, fel pâr o sanau, pâr o fenig, neu ddwy olwyn ar feic. Weithiau, fe gewch chi bâr sy'n debyg iawn ond bod un neu ddau o bethau'n wahanol, fel potiau halen a phupur. Mae'r potiau yr un fath ond bod eu cynnwys yn wahanol. Ond mae rhai parau'n hollol wahanol i'w gilydd, fel brwsh dannedd a phast dannedd, neu lamp a bwlb. Dydyn nhw'n ddim byd tebyg, ond maen nhw'n gweithio'n well gyda'i gilydd nag ar wahân.

Oes, mae 'na rai pethau yn y byd 'ma sy'n dod fesul dau. Dyna ddigwyddodd i Owen a Ceri Rees pan aethon nhw i'r ysbyty, a dod oddi yno gyda phâr o fabis bach, tew, ciwt. Efeilliaid o'r enw Loti a Jac.

Er eu bod nhw'n debyg iawn pan oedden nhw'n fabis, heblaw bod un yn hogan a'r llall yn hogyn, erbyn

iddyn nhw gyrraedd eu deg oed roedden nhw'n debycach i'r brwsh a'r past dannedd. Roedden nhw'n hollol wahanol, ond yn gweithio'n dda gyda'i gilydd – er nad oedden nhw'n sylweddoli hynny bob tro.

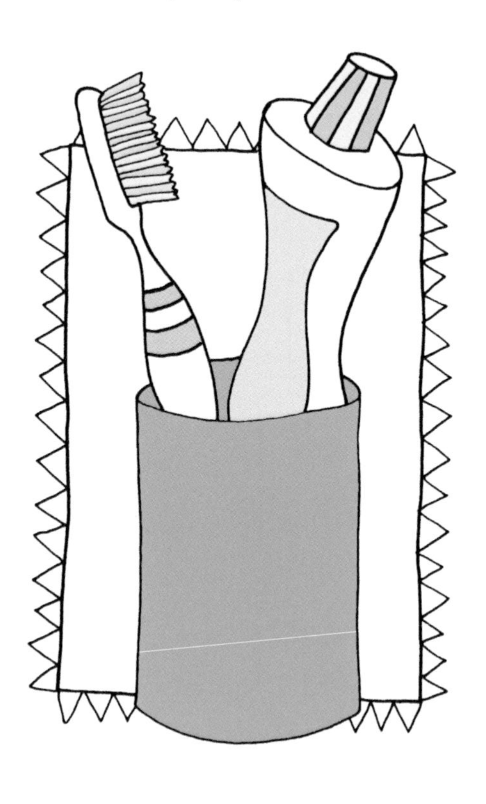

* * *

Mae'r stori hon yn dechrau ar ddiwrnod arferol yng nghartref y teulu. Roedd Mam yn gweithio gartref, yn gwneud gwaith papur diflas wrth ei desg. Edrychodd ar y cloc. Roedd hi bron yn amser i bawb ddod adref.

Loti gyrhaeddodd yn gyntaf, wedi bod am wers nofio ac wedi cael ei hebrwng adref gan ei ffrind. Roedd Loti yn nofwraig dda. Roedd ganddi freichiau a choesau hir a chryf, ac roedd hi'n medru llithro trwy'r dŵr fel llysywen. Roedd hi hefyd yn ferch gystadleuol. Unwaith yr oedd hi'n clymu ei gwallt tywyll y tu ôl i'w phen a gosod y gogls yn dynn am ei llygaid lliw triog, roedd ei meddwl ar ennill. Ond ar ôl iddi adael y pwll a chyrraedd adref, roedd ei meddwl ar ddiogi!

Llusgodd ei thraed i'r tŷ.

Gollyngodd ei bag ysgol wrth y drws. Gwagiodd gynnwys ei bag nofio ar y llawr yn un pentwr gwlyb, i ddangos i'w mam bod angen eu golchi. Ciciodd ei hesgidiau i ffwrdd. Ciciodd yr esgid dde â chymaint o nerth nes y glaniodd yn y bowlen wydr lle'r oedd Doris, y pysgodyn aur, yn byw. Ciciodd yr esgid chwith â mwy o nerth, a glaniodd honno yn y sosbannaid enfawr o lobsgows oedd yn berwi yn y gegin. Doedd yr esgidiau ddim cystal nofwyr â Loti, ac yn anffodus boddodd y ddwy – un yn y bowlen gyda Doris a'r llall rhwng y llysiau a'r cig – cyn i Loti sylwi bod dim o'i le.

Nesaf, daeth Jac adref o'i wers biano. Roedd o wedi cerdded adref gan fod Dad yn hwyr yn dod i'w nôl. Yn ei law roedd ganddo declyn rhyfeddol, ond rhacs. Roedd o'n canolbwyntio'n ddwys wrth drio trwsio'r teclyn.

Roedd gwallt Jac bob amser yn edrych yn fel pe bai wedi dychryn. Ond doedd ganddo ddim llawer o ddiddordeb yn ei wallt, nac amser i'w frwsio … nac i ymolchi, a dweud y gwir. Roedd o wastad yn rhy brysur yn adeiladu dyfeisiadau a theclynnau rhyfeddol.

Camodd dros fag ysgol Loti, yna ochrgamu heibio'r pentwr soeglyd o ddillad nofio. Roedd o'n synhwyro arogl od yn dod o'r gegin, ond heb feddwl dim pellach, llithrodd ar y soffa gan orfodi i Loti symud ei thraed. Doedd Loti byth yn gwisgo pâr o sanau; roedd hi wastad yn gwisgo dwy hosan o ddau bâr gwahanol. Roedd yn gas ganddi sanau oedd yn edrych yr un fath â'i gilydd … agwedd od i rywun sy'n efaill!

"Iawn?" mwmiodd Jac wrth ei chwaer.

"Iawn?" atebodd hithau.

"Be' ti'n neud?" holodd Jac.

"Dim byd. Be' ti'n neud?"

"Wel, trio trwsio'r 'Teclyn Troi Tudalen', a deud y gwir," meddai Jac. "*Roedd* o'n gweithio'n iawn. Ond wedyn aeth o braidd yn wyllt a tharo Mrs Pritch Piano ar draws ei hwyneb. Mi wylltiodd hi a'i daflu ar y llawr a rŵan, mae o'n rhacs … ond fydda i ddim dau funud yn ei drwsio fo."

Yn sydyn, daeth llais Mam o'i swyddfa yng nghefn y tŷ.

"Hei … ydach chi adra?"

Am gwestiwn hurt, meddyliodd Loti wrthi ei hun â'i phen yn ei ffôn. Wrth gwrs ein bod ni adre, meddyliodd Jac. Ond wnaeth yr un ohonyn nhw ei hateb.

"Heeeei …" gwaeddodd Mam eto.

"'Eeeiii." Ochneidiodd Loti a Jac yn wan heb godi eu pennau.

Daeth Mam i'r gegin. Roedd arogl od yno.

"Be' ar wyneb y ddaear ydy'r arogl 'na?" holodd, er ei bod yn gwybod nad oedd neb yn bwriadu ei hateb. Camodd tuag at y sosbannaid enfawr o lobsgows roedd hi wedi ei wneud y prynhawn hwnnw i'w bwydo am y penwythnos. Wrth iddi fynd yn nes ato, roedd yr arogl rhyfedd yn cryfhau.

Yn y cyfamser, daeth Dad adref yn cario'i fag a phentwr o waith marcio. Roedd o wedi gorfod aros yn hwyr i helpu gyda Noson Goffi'r ysgol. Agorodd y drws a chamu i mewn, ond yn anffodus bachodd ei droed ym mag ysgol Loti.

Yr eiliad honno, rhoddodd Mam ei thrwyn yn agos at y lobsgows a'i arogli. Yna, cydiodd yn y llwy bren … roedd rhyw ddrwg yn y cawl.

Rhoddodd Dad floedd fel dafad oedd wedi cael draenen yn ei phen-ôl.

"Baaa …" baglodd, a ffrwydrodd y gwaith marcio i'r awyr.

Yna, daeth sgrech o'r gegin: "Aaaaaaach!" Roedd Mam yn sefyll uwchben y sosban yn dal llwy bren ag esgid yn diferu o sudd lobsgows arni.

Roedd Dad bellach wedi disgyn yn bendramwnwgl i'r llawr a'i wyneb wedi glanio yng nghanol dillad nofio gwlyb Loti.

"Oooo … nefi bliw … LOTI!" Gwaeddodd y ddau yr un pryd. Daeth Loti o'r ystafell fyw. Roedd ei llygaid yn fawr, yn ymwybodol ei bod hi ar fai am rywbeth.

Daeth Jac drwodd â'i ben yn ei

declyn, yn ei fyd bach ei hun fel arfer. Heb ystyried beth oedd yn digwydd, a gan weld Dad ar lawr ac yn llonydd am eiliad, gwelodd Jac ei gyfle i gael mymryn bach o help ganddo.

“Dad, sbia ar hwn. Be’ ti’n feddwl sy’n bod efo fo?”

Cyn i Dad druan gael amser i godi ar ei ben-gliniau, roedd y ‘Teclyn Troi Tudalen’ wedi gafael yn ei drwyn – fel petai’n gafael mewn tudalen o gerddoriaeth glasurol – a dechrau ei ysgwyd yn ôl ac ymlaen.

“JAC! Diffodd y teclyn!” sgrechiodd Dad.

“LOTI! Edrych be’ wyt ti wedi’i neud!” Roedd wyneb Mam yn biws a sudd y lobsgows yn llifo fel rhaeadr oddi ar esgid chwith Loti.

Dyna’r math o ddiwrnod roedd y teulu bach hwn yn ei gael. Roedd yn ddiwrnod gweddol debyg i bob diwrnod arall yn eu cartref – yn llawn helynt a miri.

2
Raffl

Roedd y pedwar bellach yn eistedd yn yr ystafell fyw â bag o sglodion yr un. Roedd y lobsgows wedi ei ddifetha ac roedd Mam wedi gorfod mynd i nôl swper o siop sglodion *OH MY pysGOD* tra oedd Dad yn cael trefn ar y gwaith ysgol oedd wedi disgyn fel eira dros bob man.

Roedd sŵn yr hysbysebion ar y teledu yn llenwi'r ystafell. Hysbyseb Parc Gwyliau Moethus oedd arno.

"NEFOEDD AR Y DDAEAR …

POPETH AR GAEL O FEWN Y PARC …"

"Mae'n gas gen i lefydd fel yna," mwmiodd Mam.

"PWLL NOFIO PENIGAMP!"

"Ond, Mam, edrych ar y pwll nofio – sleids cŵl, pwll tonnau, pob dim," mynnodd Loti.

Ar hynny canodd ffôn symudol Dad. Edrychodd yntau ar ei ffôn ac ebychu. Roedd yr ysgol yn ei ffonio, a hithau'n nos Wener. Mae'n rhaid bod y Noson Goffi yn dal ymlaen, meddyliodd wrtho'i hun. Roedd hysbyseb y parc gwyliau yn dal i weiddi ar y teledu.

"SPA … CEFFYLAU … BEICIAU … TENNIS… MAE'R CYFAN YN …"

Diffoddodd Mam y teledu. "Pam ma'n rhaid i hysbysebion fod mor swnllyd?"

"Mae unrhyw beth yn well na dim teledu o gwbl … *awkward*," atebodd Loti o dan ei gwynt.

"Loti, dyma gyfle da i ni sgwrsio chydig bach," meddai Mam cyn oedi a gofyn, "wyt ti wedi tacluso dy lofft yn ddiweddar?"

"Sgwrsio ti'n galw hyn?" holodd Loti'n swta.

"Wel, ateb y cwestiwn a dyna ddechrau sgwrs," atebodd Mam.

"Yn dechnegol …" torrodd Jac ar

draws y ddwy, "mi faswn i'n diffinio sgwrsio fel rhywbeth hamddenol, cydradd, rhwng dau berson. Roedd y cwestiwn yna'n fwy o gyhuddiad neu rywbeth i gychwyn ffrae."

Gwenodd Loti ar ei mam. Roedd Jac a hithau'n deall ei gilydd i'r dim pan oedd hi'n dod i ddelio â Mam a Dad. Y ddau'n gofalu am ei gilydd. Yn sydyn, daeth Dad yn ôl i'r ystafell, wedi gorffen yr alwad ffôn â'r ysgol.

"Dyfalwch be' ..." meddai Dad.

(I egluro, cyn i ni fynd ymlaen â'r stori: yn y teulu hwn, pan fydd rhywun yn dweud "Dyfalwch be' ..." mae rhywbeth rhyfedd yn digwydd.)

"Mae'r pennaeth wedi rhoi genedigaeth i eliffant?"

"Mae'r ysgol wedi troi'n gacen siocled?"

"Mae 'na gymylau lliw pinc y tu allan i'r ysgol, a phawb yn meddwl mai candi fflos ydyn nhw ac yn sefyll ar ben to'r ysgol yn trio'u bwyta nhw?"

Gêm deuluol oedd hon. Bob tro y byddai rhywun yn dweud "Dyfalwch be' …", tasg y gweddill oedd cynnig atebion hollol hurt a doniol, a'r mwyaf hurt a doniol oedd yn ennill. Roedden nhw i gyd yn dda iawn erbyn hyn, ond Jac a'i gymylau candi fflos enillodd y noson honno.

"Ha ha, da rŵan, Jac! Pencampwr!" meddai Dad. "Ond na. Dim un o'r rhain. Rhywbeth llawer mwy rhyfeddol!"

"Be', Dad?"

Roedd pawb ar dân eisiau gwybod y newyddion mawr.

"Am y tro cyntaf yn fy mywyd … dwi wedi ennill raffl!"

"Oooo!" Ochenaid o siom gan y tri arall wrth iddyn nhw droi yn ôl at y sgrin deledu ddu, gan ddychmygu bod Dad wedi ennill potel o win neu hampyr o ffrwythau, neu hyd yn oed siocled posh nad oes neb yn eu bwyta.

"Dwi wedi ennill gwyliau mewn parc gwyliau yn ne Cymru yn ystod gwyliau hanner tymor!"

"Y?" Trodd pawb i edrych arno mewn sioc.

"Ies!" meddai Loti a Jac gyda'i gilydd yn syth wedyn.

"Wel, fyddwn ni ddim yn mynd i'r ffasiwn le," meddai Mam gan stwffio gweddill ei sglodion i'w cheg.

"Ond, Maaaam," cwynodd Loti a Jac fel parti llefaru.

"Na – a dyna ddiwedd arni."

Cododd Mam, casglu'r bagiau sglodion gwag a mynd â nhw drwodd i'r gegin. Edrychodd Loti a Jac ar eu tad a winciodd hwnnw gan addo cael 'gair' â Mam am y peth.

Ond doedd dim perswadio ar Mam y noson honno. Doedd ganddi ddim diddordeb, er i Dad esbonio nad "rhyw gwmni mawr o ffwrdd" oedd yn berchen ar y parc, ond cwmni teuluol o Sir Gâr, ac mai dim ond ambell wasanaeth oedd ar gael oddi mewn i'r parc. Aeth yn ei flaen i ddweud bod y gwyliau'n para am wythnos, ac y bydden nhw'n bendant yn cael cyfle i fynd i ymweld â'r ardal leol a gwario yn y siopau hefyd. Ond doedd gan Mam ddim diddordeb.

Roedd pawb arall wedi hen fynd i'w gwlâu ac roedd Dad wedi cael llond bol ar drio darbwyllo'i wraig ac ar farcio gwaith ysgol. Aeth i roi bwyd i Doris, y pysgodyn, gan nad oedd neb arall wedi trafferthu. Dyna pryd y sylwodd ar esgid dde Loti yn gorwedd ar waelod y bowlen a Doris druan wedi ei gwasgu fel crempog oddi tani.

3
Blerwch

Roedd wythnos i fynd tan hanner tymor. Roedd Doris wedi ei chladdu yn yr ardd gefn a Mam bellach yn rhoi caead ar unrhyw sosban wrth goginio.

Roedd Mam wedi bod yn dweud a dweud wrth Loti am dacluso'i hystafell wely ac roedd Dad wedi bod yn dweud a dweud wrth Jac am stopio treulio'i amser yn creu teclynnau ac y dylai wneud ei waith cartref yn lle hynny.

Chwarae teg i Mam a Dad, doedd Jac yn gwneud dim gwaith ysgol ac roedd ystafell wely Loti yn anhygoel o flêr. Roedd dillad ym mhobman: ar y llawr, ar y drws, ar y lamp, ar y polyn oedd yn dal y llenni, o dan y gwely, ar y gwely, *yn* y gwely hyd yn oed. Roedd Loti hefyd yn hoffi chwaraeon – pob math o chwaraeon gyda phob math o beli – ac roedd yr ystafell yn edrych fel pe bai iâr chwaraeon wedi bod yn dodwy peli gwahanol ym mhobman. Pêl rygbi, pêl-droed, pêl hoci, pêl-rwyd, pêl tennis. Roedd Mam a Dad wedi cael llond bol.

Wrth i wythnos hanner tymor agosáu, roedd Loti a Jac wedi bod yn swnian bob dydd ar eu rhieni i ailystyried y parc gwyliau. Roedd Mam yn gwrthod bob tro, nes i rywbeth ddigwydd un diwrnod i newid ei meddwl.

Roedd Loti wedi bod yn gweithio ar broject celf yn y gegin. Roedd hi wedi bod yn gludo pob math o bethau at ei gilydd i greu cerflun arbennig o un o chwedlau'r Mabinogi. Roedd hi wedi gorffen ac wedi gadael y cerflun a'r offer i gyd yn un ffrwydriad blêr ar fwrdd y gegin.

Roedd Jac, ar y llaw arall, wedi bod yn gweithio ar un o'i declynnau. Roedd wedi creu saethwr bach i saethu pob math o bethau ar draws yr ystafell. Daeth i'r gegin i brofi'r saethwr â thomatos bach.

Yn anffodus, gan fod Loti mor flêr a Jac mor drwsgl, llwyddodd Jac i saethu tomato a tharo'r cerflun ar y llawr nes iddo chwalu'n rhacs jibidêrs. Ond nid dyna'r peth gwaethaf. Doedd Loti ddim wedi rhoi'r caeadau yn ôl ar y potiau glud ac fe gafodd y rheini eu taro hefyd, ac aeth y glud i bob man.

Clywodd Loti'r sŵn a rhedeg i'r gegin. Roedd ei gwaith wedi ei ddifetha. Dechreuodd y ddau ddadlau a chega ar ei gilydd.

"Sbia be' wyt ti wedi'i neud!" sgrechiodd Loti.

"Dy fai di ydy o am fod mor flêr!" oedd ateb parod Jac.

"Pam wyt ti'n saethu tomatos, beth bynnag?"

"Pam wyt ti'n arogli fel caws?"

Roedd y ddau'n dadlau cymaint fel na sylwon nhw ar y glud yn llifo'n

araf ar hyd y bwrdd ac yn gwneud ei waith ar bopeth yr oedd yn ei gyffwrdd.

Erbyn i Mam a Dad ddod i'r gegin roedd popeth o fewn cyrraedd y glud yn sownd i'r bwrdd. Holl offer gwaith celf Loti, plât a myg Dad, cwpan diod Loti … roedd hyd yn oed un gadair wedi glynu wrth y cyfan.

"DYNA DDIGON!" gwaeddodd Mam dros y lle.

Doedd pethau ddim yn dda. Edrychodd Loti a Jac ar ei gilydd mewn ofn. Roedden nhw wedi gwneud llanast go iawn y tro hwn, a doedd dim gobaith y bydden nhw'n cael mynd ar eu gwyliau rŵan.

Oedd, roedd Mam wedi gwylltio ac roedd Dad wedi gwylltio. Ond cafodd Loti a Jac syndod o glywed eu hymateb y noson honno.

"'Dan ni wedi cael llond bol," meddai Mam. "Felly 'dan ni am fynd i'r parc gwyliau yr wythnos nesa."

Doedd Mam a Dad ddim yn gallu dychmygu dioddef wythnos gyfan o wyliau hanner tymor gyda Loti a Jac gartref drwy'r dydd, bob dydd, yn creu helynt. Penderfynodd y ddau y byddai mynd ar wyliau, yn enwedig i rywle â digon o awyr iach, yn syniad da. Cyfle i bawb gael mymryn o lonydd.

"Ond Loti, mae'n rhaid i ti glirio dy 'stafell wely cyn mynd, a Jac, mae'n rhaid i ti orffen dy holl waith cartref," ychwanegodd Dad yn gadarn.

Gwenodd Loti a Jac. Doedd hynny ddim yn swnio'n rhy ddrwg o gwbl. Roedd gan Loti ffordd dda a diffwdan o dacluso'i hystafell wely'n gyflym – gwthio popeth o dan ei gwely. Doedd gan Jac ddim problem gyda gorffen ei waith cartref chwaith gan ei fod

yn gwybod y byddai ganddo ddigon o amser i weithio ar ei ddyfeisiadau yn y parc gwyliau. Roedd wedi gweld bod caban o'r enw 'Gweithdy Pren' yn y parc ac roedd ganddo gynlluniau mawr. Edrychai'r ddau ymlaen at wyliau hanner tymor bythgofiadwy!

4
Ffroenau

Rholiodd y car coch yn drafferthus, gan dagu fel hen fuwch – i fyny'r lôn gul, trwy goed trwchus, rywle ym mherfeddion Sir Gâr. Roedd y teulu bach a llond y gist o bethau wedi bod ar y ffordd ers pedair awr ac roedd pawb yn flin.

"Symud draw, does 'na ddim lle!"

"Pa mor bell ydan ni?"

"Byddwch yn dawel am eiliad!"

"Ydan ni ar goll?"

"Mae hyn yn anobeithiol!"

Mam oedd yn gyrru a Dad yn darllen y map. Ond doedd gan Mam na Dad ddim syniad ble roedden nhw.

"Dydy'r blincin lle DDIM AR Y MAP!" bloeddiodd Dad yn y diwedd. Trawodd Mam ei throed ar y brêc a thrawodd Loti a Jac eu pennau ar y seddi o'u blaen.

"Owen … does dim rhaid gwylltio."

Roedd wyneb Dad yn biws ac roedd Jac yn siŵr bod stêm yn dod o'i glustiau.

"Pam na wnewch chi ddefnyddio'r *sat nav* neu'ch ffôn?" holodd Loti.

Trodd Dad tuag ati'n wyllt. "Does ganddon ni ddim *sat nav*, Loti."

Wnaeth Loti ddim ymateb; roedd hi'n gwybod pryd i frathu ei thafod.

"Mae Loti'n iawn, Owen, defnyddia dy ffôn," mentrodd Mam.

Gwyliodd Jac dros ysgwydd Dad. Doedd o'n amlwg ddim yn gwybod sut i ddefnyddio'r map ar y ffôn chwaith. Heb ddweud dim, gafaelodd Jac yn y ffôn ac o fewn chwinciad roedd wedi darganfod ble'n union y dylai'r parc gwyliau fod.

"'Dan ni bron iawn yna. Dros y bryn o'n blaenau ni ac mi ddylen ni weld arwydd a lôn yn mynd i'r dde."

"Reit …" ebychodd Mam a gyrru yn ei blaen. Roedd pawb arall yn gwbl dawel.

Cyrhaeddodd y car geg lôn fach oedd yn mynd i'r dde. Ond doedd dim arwydd i'w weld yn unlle.

"Dyma ni?" holodd Mam.

"Does 'na ddim arwydd," meddai Loti.

"Hei," gwaeddodd Jac. "Dyfalwch be' …"

"Dim rŵan, Jac," brathodd Mam a Dad.

"Dim ond deud fod 'na rywbeth yn y coed," meddai Jac gan agor y drws a neidio o'r car.

"Jac!" gwaeddodd Dad, gan gamu o'r car ar ei ôl.

"Mae'n iawn, Dad … edrych."

Yn y coed, fel petai'n chwarae cuddio, roedd tamaid o bren wedi pydru a mymryn o baent gwyn arno'n awgrymu'r geiriau 'Parc Gwyliau Heulwena'.

"Wel, ar f'enaid i," meddai Dad,

gyda mymryn o ryddhad a mymryn o bryder.

"Wa-hwww, 'dan ni yma!" cyhoeddodd Jac, a sgrialu yn ôl i'r car.

Aeth y car myglyd yn ei flaen i fyny'r lôn droellog a chyrraedd gatiau haearn rhacs a chaban pren mawr a'r geiriau 'Caban Croeso' arno. Edrychodd Loti ar ei ffôn. Doedd dim pwt o signal, heb sôn am 4G.

Neidiodd y teulu bach o'r car a mynd i mewn i'r Caban Croeso gyda'i gilydd. Roedd yn wag yno, heblaw am un cownter bach, a drws â'r gair 'wyddfa' arno. Roedd yr 'S' wedi dod i ffwrdd, yn amlwg.

"Helô?" gwaeddodd Mam wrth blygu dros y cownter. Doedd dim smic i'w glywed.

Roedd Loti'n dal i ffidlan â'i ffôn.

"Does 'na ddim *wi-fi* yma

chwaith."

"Ella nad oes 'na *wi-fi* ond mae 'na arogl od yma," atebodd Jac gan sniffian.

"Ti ydy o dwi'n meddwl, Jac," gwenodd Loti.

Anwybyddodd Jac hi a mynd i'w fag i estyn dyfais ryfedd yr olwg, rhyw fath o het. Rhoddodd y ddyfais ar ei ben a thynnu un fraich ohoni i'w drwyn.

"Waw, be' sy gen ti?" holodd Dad yn chwilfrydig. Roedd o wrth ei fodd yn gweld pa fath o syniadau annisgwyl fyddai gan Jac.

"Dwi'n gallu hongian arogl hyfryd o flaen fy nhrwyn yn hytrach na gorfod arogli unrhyw beth drwg o fy nghwmpas."

"Ti'n edrych yn hurt … a dwyt ti ddim hyd yn oed yn gallu gweld ble wyt ti'n mynd efo'r peth gwirion yna'n hongian o flaen dy drwyn di," meddai Loti. Roedd hi'n iawn, wrth gwrs. Doedd dyfeisiadau Jac ddim wastad yn taro deuddeg.

"Helô-ô?" Rhoddodd Mam un floedd arall tua'r cefn, ac ar y gair agorodd drws y 'wyddfa'.

Ymddangosodd dynes dal a main, a'i gwallt yn gudynnau blêr o gwmpas ei hwyneb. Roedd hi'n edrych fel mop. Gwenodd y ddynes a'i llygaid yn fawr fel peli golff yn ei phen bach.

"Wa-wiii, dyma chi! Helôw … croesow! Dwi mor falch o'ch gweld chi!"

Camodd y ddynes tuag atyn nhw fel rhyw fwgan brain heglog. Gwasgodd y teulu bach at ei gilydd. Doedd neb erioed wedi gweld cymeriad mor … mor … wahanol.

"Helô, su'mai? Teulu Rees, wedi dod i aros am wythnos," meddai Mam.

"Owwwwww, hyyyyfryd," clymodd y ddynes ei breichiau hir am y teulu a'u gwasgu. "Croesow, teulu Rees! Croesow i Barc Gwyliau Heulwena. Fi yw Heulwena, a dwi yma *at your service*. Nawr 'te … dyma ni …"

Rhedodd ei bys main ar hyd y llyfr a throi'r tudalennau. Gallai Loti weld fod y tudalennau'n wag – doedd dim enw arall yn y llyfr.

"Owww … gwych! Felly, cyn i ni symud ymlaen mae angen i chi dalu £500."

Edrychodd Mam a Dad ar ei gilydd.

"£500?" mentrodd Dad. "Ond rydan ni wedi ennill y gwyliau mewn raffl."

"Ennill gwyliau mewn raffl? Pa-ha-ha-ha!" chwarddodd Heulwena. "Peidiwch â bod yn wirion! Na, na … ennill talebau i gael bwyd am wythnos yn ein bwyty arbennig ni wnaethoch chi. Mae'n rhaid i chi dalu am eich llety, wrth gwrs."

Syllodd Dad ar Heulwena, syllodd Mam ar Dad, a syllodd Loti a Jac ar ei gilydd.

"Owen," meddai Mam drwy'i dannedd. "Be' wyt ti wedi'i neud?"

Roedd Dad yn dechrau chwysu.

Trodd Mam yn ôl at Heulwena a gwenu.

"Mae'n debyg bod camddealltwriaeth wedi bod. Ydach chi wedi siarad efo Meinir o'r ysgol?"

Edrychodd Heulwena ar wyneb Dad ac yna ar Mam heb flincio a dweud:

"Naddo, mae'n ddrwg gen i."

"Esgusodwch ni am eiliad."

Camodd Mam allan o'r caban gan lusgo Dad ar ei hôl.

Safodd Loti a Jac yno'n syllu i fyny tuag at Heulwena. Roedd ei ffroenau hi'n anferth. Roedd rhyw siâp rhyfedd iddyn nhw hefyd – un yn grwn a'r llall yn hir. Roedden nhw'n edrych yn od o'r ongl isel hon.

"Be' sy'n bod efo'ch trwyn chi?" holodd Loti wedi eiliadau chwithig o syllu i fyny trwyn y ddynes ryfedd.

"Esgusodwch fi?" brathodd Heulwena gan edrych dros ei thrwyn ac i lawr tuag at yr efeilliaid. Dyma bâr od, meddyliodd. Roedd y ddau'n debyg iawn ond bod bys un ohonyn nhw i fyny ei drwyn.

"Fy nhrwyn i? Be' sy'n bod gyda'i drwyn afiach e?" holodd Heulwena yn sbeitlyd.

Edrychodd Loti ar Jac. Roedd o'n pigo'i drwyn yn braf.

"Ych," meddai Heulwena o dan ei gwynt a throi oddi wrth y ddau.

Llwyddodd Jac i gael pelen fechan o snot o'i drwyn, a gosododd y belen yn daclus ar lyfr Heulwena heb iddi sylwi. Sychodd ei fys yn ei siwmper a gwenodd Loti ac yntau ar ei gilydd.

Ymhen hir a hwyr daeth Mam a Dad yn ôl. Roedden nhw'n amlwg wedi bod yn dadlau. Wel, roedd Mam wedi bod yn dweud y drefn wrth Dad am fod mor anhrefnus a pheidio cadarnhau popeth.

"Ym … dim problem. Fe allwn

ni dalu am y llety. Diolch yn fawr,"
meddai Dad yn betrusgar.

Gwenodd Heulwena fel *sloth* diog,
gan gorddi Loti.

"Dewch, blant, awn ni i'r car i
aros i'ch tad drefnu ble'n union mae'n
caban ni."

Ond cyn iddyn nhw gamu trwy'r
drws daeth llais Heulwena eto:

"Fyddwch chi ddim angen y car.
Dydyn ni ddim yn gadael i geir fynd
ymhellach na'r man hwn."

"Ond sut ydan ni i fod i gario
popeth?" holodd Mam.

Heb ddweud dim, arweiniodd
Heulwena'r teulu at gwt pren llychlyd
drws nesaf i'r Caban Croeso. Ar y
drws roedd y gair 'Whilber'.

"Whilber? Be' ar wyneb y ddaear
ydy 'whilber'?" holodd Loti.

Agorodd Dad y drws a datgelu
pedair berfa wedi rhydu.

"Defnyddiwch y rhain i gario'ch bagiau. Trwy'r coed, lan y rhiw, caban 13," meddai Heulwena cyn troi'n ôl am y Caban Croeso i gyfri'r arian.

Hyd yma, doedd y gwyliau ddim yn mynd yn wych iawn. Bu'r teulu bach yn gwthio berfa bob un yn igam ogam drwy'r coed am o leiaf awr, yn chwilio am eu caban. Roedden nhw wedi gweld ambell ryfeddod ar y ffordd. Dwy wiwer flin yn gwgu arnyn nhw, hen ferfa racs oedd bellach yn gartref i ddraenog, a llyn oedd yn edrych fel cawl pys. Ond un o'r pethau rhyfeddaf a welodd Loti oedd hen ddynes, a edrychai tua chant oed, yn loncian mewn siwt redeg oren, lachar. Er ei bod hi'n

hen, yn hen iawn, roedd y ddynes yn symud yn chwim. Cododd ei bawd ar Loti cyn diflannu i'r coed. Doedd Loti ddim yn siŵr iawn a oedd yr hyn a welodd yn wir ai peidio. Dechreuodd amau fod y gwyliau ym mharc Heulwena yn mynd i fod yn wyliau rhyfedd iawn.

5
Teclyn tynnu coes

"Dwi M.O.M!" bloeddiodd Jac ar ôl iddo daflu ei bethau ar un o'r gwlâu.

"M.O.M.?" holodd Mam cyn i Jac ddiflannu trwy ddrws y caban.

"Ia. Mas O'Ma! Dyna maen nhw'n ddeud yn Sir Gâr. Wela i chi wedyn, dwi am fynd i chwilio am gaban y Gweithdy Pren." Roedd Jac yn chwifio map o'r parc yn ei law.

Cyn i Mam ddweud dim roedd Jac wedi gwibio o'r caban fel milgi â bag go drwm ar ei gefn.

Roedd Loti wedi gwagu ei phethau dros ei hystafell hi i gyd. Taflodd ei phyjamas ar y gwely, ei dillad ar lawr, ei phethau nofio ar lawr, ei phethau 'molchi ar lawr a'i hesgidiau'n bentwr ar lawr. Roedd hi'n siŵr ei bod wedi pacio pêl yn rhywle. Agorodd Mam y drws wrth i Loti daflu'r siwmper olaf oedd yn y bag. Glaniodd honno ar ben Mam a'r llawes yn hongian dros ei thrwyn ac i mewn i'r baned oedd yn ei llaw.

"A-ha!" Daeth Loti o hyd i'w phêl.

"Loti! Oes raid i ti fod mor flêr?"

Llwyddodd Loti i adael y caban cyn i Mam gael cyfle i dynnu'r siwmper oddi ar ei phen, heb sôn am gael cyfle i roi pregeth iddi am annibendod.

Roedd Jac wedi darganfod caban y Gweithdy Pren yn sydyn ac wedi rhyfeddu'n syth at yr holl bren a thŵls oedd ar gael iddo: hoelion, morthwyl, llif, glud coed … pob math o bethau. Dychmygodd yr holl bethau y gallai eu hadeiladu mewn wythnos gyda'r offer i gyd. Roedd yn rhaid dechrau arni'n syth.

I'r cyfeiriad arall yr aeth Loti, gan daflu ei phêl i'r awyr a'i dal drachefn. Roedd hi'n meddwl am yr hen ddynes roedd hi wedi ei gweld yn rhedeg yn y coed. Od, meddyliodd, cyn clywed lleisiau …

* * *

Roedd wyneb Jac yn biws erbyn hyn.

"Tyrd yn dy flaen," ebychodd wrth iddo geisio cau powlten â sbaner. Roedd ganddo lawer i'w wneud. Roedd ganddo bopeth oedd ei angen i greu trapiau jôc penigamp. Dyna oedd ei fwriad. Gwneud teclynnau a thrapiau i dynnu coes a chreu ychydig o helynt. Roedd yn edrych ymlaen yn arw at arbrofi yn y goedwig. Daliodd ati i geisio troi'r sbaner styfnig. Dyma'r trap cyntaf yr oedd am ei brofi – y Trap Tynnu Coes!

* * *

Roedd Loti yn ei chwrcwd yn cuddio tu ôl i goeden. Gallai weld dau fachgen tua'r un oed â hi yn dadlau a phwnio'i gilydd wrth gaban arall. Roedd y ddau yn grwn a boliog a'u bochau'n goch. Tra oedd hi'n ei gwylio nhw, teimlodd fel petai rhywun yn ei gwylio hi.

Edrychodd dros ei hysgwydd ond doedd neb yno, dim ond wiwerod blin yn gwgu arni. Wfftiodd Loti'r wiwerod a'r teimlad bod rhywun yn ei gwylio.

Yna'n sydyn, gwelodd fflach o oren llachar yn symud tuag ati drwy'r brigau'n gyflym. Neidiodd ar ei thraed.

"Shw'mai?" meddai'r fflach oren wrth sboncio tuag ati. Camodd Loti yn ôl a baglu, gan lanio ar ei phen-ôl yng nghanol slwj o ddail gwlyb.

"Ych a fi!"

"Iyffach! Gan bwyll, ferch!" Plygodd hen ddynes tuag at Loti a chynnig ei llaw er mwyn ei helpu i godi ar ei thraed. Dyma'r ddynes yr oedd Loti wedi'i gweld yn loncian trwy'r coed.

"Ych a fi! Ma' mhen-ôl i'n wlyb," meddai Loti heb feddwl.

Ceisiodd y ddynes mewn oren beidio chwerthin.

"Mae'n ddrwg 'da fi am hala ofan arnot ti! Mam-gu yw'r enw."

"Mam-gu?" holodd Loti gan edrych

arni'n hurt. "Dyna'ch enw iawn chi?"

"Wel, nage, ond does neb wedi fy ngalw i'n ddim byd ond Mam-gu ers bron i ddeng mlynedd, a 'sa i'n cofio beth yw fy enw iawn i erbyn hyn! Ho, ho, ho!" Chwarddodd fel Siôn Corn. Edrychodd Loti arni'n amheus.

Yn y cyfamser, roedd Dad wedi gadael y caban hefyd ac wedi mynd i chwilio am Jac.

Roedd Jac wedi llwyddo i osod y Trap Tynnu Coes ar goeden wrth ymyl y caban. Roedd o wedi gweld trapiau tebyg ar ddegau o ffilmiau. Er hynny, dim ond yn ddiweddar roedd o wedi dysgu sut i wneud un. Roedd angen rhaff hir a theclyn cryf i dynnu rhaff, a bachyn arbennig fyddai'n gollwng pwysau trwm wrth i chi sefyll arno. Edrychodd Jac ar ei waith yn falch, ond doedd o ddim yn siŵr iawn sut i'w brofi. Allai o ddim rhoi cynnig arno ei hun, rhag ofn na fyddai'n gallu dod yn rhydd. Byddai'n sownd â'i ben i lawr am oriau fel ystlum un goes. Aeth yn ei ôl i mewn i'r caban i chwilio am damaid o bren y gallai ei ddefnyddio.

Gwelodd Dad gaban y Gweithdy Pren a chamodd yn gyflym tuag ato i chwilio am Jac. Roedd o ar fin gweiddi ei enw pan gydiodd rhywbeth am ei goes.

O'r tu mewn i'r caban clywodd Jac sŵn fel dafad yn mynd i lawr llithren. Rhedodd allan. Dyna lle roedd Dad yn gwneud synau od ac yn hongian gerfydd ei goes fel rhyw ddilledyn ar lein ddillad yn chwifio yn y gwynt.

"JAC! Be' wyt ti wedi'i neud?" Roedd wyneb Dad yn biws.

"O waw … mae o'n gweithio! Sorri, Dad, ond tria beidio symud!"

Ym mhen arall y goedwig roedd

Loti a Mam-gu yn dal i sgwrsio.

"Wedi bod yn ysbïo ar fy nheulu i lawr fan'na, wyt ti?" holodd Mam-gu.

"Nage," meddai Loti fel mellten, gan gochi at ei chlustiau gan mai dyna'n union yr oedd hi wedi bod yn ei wneud.

Esboniodd Mam-gu mai Dicw a Dylan oedd y ddau fachgen crwn â bochau cochion. Roedd hi'n fam-gu iddyn nhw.

"Mae'n neis cael y teulu at ei gilydd, ond weithiau mae hi'n neis cael mynd i loncian trwy'r coed i gael llonydd hefyd. Mae Dicw a Dylan yn dadlau'n ddi-baid!"

Edrychodd Loti arnyn nhw; roedden nhw'n dal i ddadlau.

"Ac maen nhw'n bwyta mwy nag eliffantod!"

Chwarddodd Loti yn dawel.

Roedd Mam-gu a'i mab (tad Dicw a Dylan) wedi bod yn dod i'r parc gwyliau ers blynyddoedd maith.

"Hywel Jenkins oedd yn arfer rhedeg y parc gwyliau, ti'n gweld." Edrychodd Mam-gu i ffwrdd am eiliad. Pan edrychodd hi'n ôl ar Loti, roedd ei llygaid fymryn bach yn goch. "Mae e wedi marw nawr, ond ro'n i a Hywel yn ffrindiau da.

Ffrindiau gorau."

Esboniodd Mam-gu fod Heulwena yn perthyn i Hywel Jenkins rywsut ac mai hi oedd wedi cael y parc ar ôl iddo farw. Doedd Mam-gu ddim yn hoff iawn o Heulwena.

"'Sa i'n cofio Hywel yn sôn am Heulwena unwaith, ond eto, gadawodd e'r parc gwyliau iddi. 'Sa i'n deall y peth o gwbl."

Roedd gan Mam-gu dipyn i'w ddweud am Heulwena a'r parc gwyliau. Roedd y lle'n arfer bod yn boblogaidd iawn. Ond rŵan, ers i Heulwena ddechrau rhedeg y lle, roedd popeth wedi mynd ar chwâl. Collodd pawb eu swyddi, heblaw am y cogydd. Does neb yno i ofalu am y lle, nac i gynnal gweithgareddau. Dydy Heulwena'n gwario dim ceiniog ar y parc, dim ond gwneud cymaint o arian â phosib a'i wario ar ei phlasty moethus ei hun.

Bu Loti a Mam-gu yn sgwrsio wrth y goeden am amser hir ac roedd Loti'n teimlo bod ganddi ffrind newydd. Ond yna clywodd sgrech ei mam yn bownsio rhwng y boncyffion.

Roedd Mam bellach wedi dod i chwilio am Dad a Jac ac wedi darganfod Dad yn hongian yn llipa o'r goeden a Jac wrthi'n mesur. Mesur pellter Dad o'r llawr a mesur hyd y rhaff oedd yn ei ddal ben i waered.

"JAAAAC! Mae'n rhaid i ni gael Dad i lawr y munud 'ma." Roedd Mam yn flin iawn, yn flin fel cacwn. Yn flin fel crocodeil oedd yn gorfod mynd at y deintydd.

Roedd Loti wedi rhedeg draw â'i gwynt yn ei dwrn, ar ôl i Mam-gu fynd yn ôl at ei theulu. Gwelodd yr olygfa a dechrau chwerthin. Roedd

Mam yn cydio yn Dad erbyn hyn ac yn sgrechian ar Jac i dorri'r rhaff. Gwnaeth yntau fel roedd ei fam yn ei ddweud a disgynnodd y ddau yn bendramwnwgl i'r llawr.

Roedd Dad yn dal i wneud sŵn fel dafad, a'i ben yn troi ar ôl bod yn hongian am amser hir. Cododd Mam ar ei thraed yn sydyn. Roedd dail a brigau yn ei gwallt fel petai hi wedi bod yn ymladd â'r goedwig.

Syllodd ar Jac. Peidiodd Loti â chwerthin. Roedd hi'n gallu gweld nad oedd Mam yn mynd i weld y cyfan yn ddoniol.

"Jac!" Dechreuodd Mam gerdded tuag at Jac fel petai hi am ei ysgwyd.

"Mam!" Neidiodd Loti o'i blaen. "Ewch chi â Dad yn ôl i'r caban iddo gael diod o ddŵr."

"Ti'n iawn, Dad? Sorri!" meddai Jac wrtho dros ysgwydd Loti.

Cododd Dad ei fawd ar Jac i ddangos ei fod o'n iawn. Brathodd Mam ei thafod rhag gweiddi mwy a throdd i helpu Dad ar ei draed a'i arwain yn ôl tuag at y caban.

"O, Jac, be' 'nest ti?" chwarddodd Loti wrth weld Jac yno â'i dâp mesur yn edrych fel pensaer ar goll.

6
Bwyty pob lliw

Wedi i Jac a Loti dacluso'r Trap Tynnu Coes (wel, Jac yn fwy na Loti – dydy Loti ddim yn tacluso!), dangosodd Jac ei holl ddyfeisiadau a'i gynlluniau i Loti: Trap Tŷ Bach, Trap Dŵr Oer, Trap Fferins Ffrwydrol a Trap Ffa Pob. Roedd Loti wedi rhyfeddu, yn enwedig wrth i Jac esbonio sut y byddai rhywun yn cael ei drochi mewn ffa pob, dim ond iddyn nhw agor drws.

"Ond, Jac, pam wyt ti am greu'r

holl drapiau 'ma?"

"Meddwl y byddai'n dda eu defnyddio nhw yn yr ysgol," meddai Jac yn ddiniwed.

"Yn yr ysgol? Ti'n gall? Fedri di ddim gosod trapiau yn yr ysgol! Be' petaet ti'n dal un o'r athrawon? Meddylia am Mrs Huws Piws yn cael ei dal gan y Trap Ffa Pob!"

Chwarddodd y ddau wrth feddwl am hynny. Yna, aeth Jac yn dawel.

"Dim ond meddwl ella y baswn i'n gallu dal rhai o'r bechgyn mawr."

Edrychodd Loti ar Jac. Oedd y bechgyn mawr yn yr ysgol yn gas wrth Jac?

"Na," meddai Jac yn ansicr. "Maen nhw'n tynnu coes rhai o'r plant llai na ni weithiau."

"Ty'd yn dy flaen," meddai Loti. "Well i ni fynd yn ôl i'r caban cyn i Mam fynd yn hollol boncyrs."

Erbyn amser swper roedd Dad yn hercian, ond mewn llai o boen. Roedd Mam wedi dweud y drefn wrth Jac am wneud rhywbeth mor beryglus ac roedd Jac wedi ymddiheuro.

Edrychai pawb ymlaen at fynd i'r bwyty i gael bwyd gyda'r talebau enillodd Dad yn y raffl.

Cyrhaeddodd y pedwar ddrws y bwyty. Roedd hi'n dywyll ac yn dawel yno. Yn sydyn, gwibiodd Mam-gu a'i theulu heibio iddyn nhw yn sŵn i gyd.

"Y'ch chi'n dod i mewn neu beth?" gofynnodd Mam-gu wrth fynd heibio.

I mewn â phawb fel corwynt. Goleuodd yr ystafell wrth i'w sŵn a'u symud ei llenwi. Roedd y nenfwd yn binc a'r waliau'n felyn ac oren. Bwyty pob lliw. Roedd lluniau o gacennau di-ri ar hyd y lle. Dechreuodd cerddoriaeth fywiog chwarae'n uchel.

"Waaaaw!" meddai Loti, Jac, Dad a Mam gyda'i gilydd.

Roedd rhubanau lliwgar a llieiniau bwrdd aur ac arian yn disgleirio yno ac roedd arogl bendigedig yn eu ffroenau. Roedd hyn fel bod mewn chwyrligwgan lliwgar a'r lle'n troelli o'u cwmpas.

Eisteddodd pawb i lawr a dechrau sgwrsio'n hapus … wel, pawb ond Dicw a Dylan. Roedden nhw wedi darganfod rhywbeth arall i ddadlau amdano erbyn hyn. Gwyliodd Jac eu cwrls coch yn sboncio ar eu pennau wrth iddyn nhw reslo yn eu seddi. Eisteddai Loti wrth ymyl Mam-gu. Rhoddodd hithau winc fach chwareus arni. Roedd llygaid glas Mam-gu wastad yn edrych fel yr haul yn taro'r môr.

"Croeso! Croeso, fy mafon bach bendigedig i!" meddai llais hyfryd

Iestyn, y cogydd, wrth iddo gamu ar lwyfan bychan wrth y drws.

"Heno," meddai, "rydyn ni'n dathlu! Gwesteion newydd!"

Roedd Mam a Dad wrth eu bodd. Doedd Loti a Jac ddim yn gallu credu'r holl beth. Roedd pobman arall yn y parc mor frown, mor llwyd ac mor ddiflas, ond roedd y bwyty fel breuddwyd ceffyl uncorn.

Roedd Iestyn yn gogydd arbennig

ac yn gweithio fel peiriant – yn coginio ac yn gweini. Roedd yn gwneud popeth yn gyflym ac yn llawn hwyl, a doedd neb yn cwyno am ddim byd. Roedd pawb yn cael llond eu boliau, a Dicw a Dylan yn stwffio mwy na neb. Roedd hwn yn fwyty arbennig a'r bwyd yn flasus tu hwnt!

Ond yn sydyn, cripiodd ias ar hyd asgwrn cefn Loti. Peidiodd y gerddoriaeth, a daeth cysgod llwyd dros y lliwiau i gyd. Trodd pawb i edrych tuag at y drws. Yno'n sefyll, yn union fel hen fop, yr oedd Heulwena. Roedd hi'n gwenu, ond doedd Loti a Jac ddim yn credu mai gwên hapus oedd hi.

"Yyyyyw, Iestyn, rwyt ti wedi mynd dros ben llestri braidd."

"Rydan ni'n cael amser ardderchog …" dechreuodd Dad.

"Dwi'n siŵr eich bod chi, Mr Rees. Ond, yn anffodus, nid yw'ch talebau

chi'n ddigon i dalu am yr holl halibalŵ yma. Ry'ch chi wedi cael gwerth o leiaf dau ddiwrnod o fwyd mewn un noson yn fan hyn."

Edrychodd Mam ar Heulwena â'i cheg yn agored. Roedd Loti'n meddwl yn siŵr fod Mam am chwythu ffiws. Edrychodd Iestyn yn ddigalon a rhoi ei ben i lawr. Cododd Mam-gu ar ei thraed.

"Paid â becso, Heulwena, fi sy'n talu heno," meddai. "Ry'n ni wedi cael amser gwerth chweil, yn'do fe, bawb?"

"Dim ond fy mod i'n cael yr arian!" Trodd y mop a'u gadael. Roedd y noson wedi ei difetha.

"Alla i ddim credu'r ddynes yna! Does dim raid i chi dalu droston ni siŵr," meddai Mam wrth Mam-gu.

"Peid'wch â becso, bach. Ma' Iestyn a fi'n deall ein gilydd yn iawn," atebodd Mam-gu.

"Odyn glei, Mam-gu, chi yw fy hoff fafonen!" meddai Iestyn gan roi winc i'w chyfeiriad.

Daeth y noson i ben a ffarweliodd pawb gan ddiolch i Iestyn am noson liwgar a bwyd blasus. Aeth pawb i'w gwlâu oer a cheisio cysgu. Ond ar ôl yr holl liw a chyffro, yn nhywyllwch trwchus y nos, roedd drygioni yn digwydd ym Mharc Gwyliau Heulwena.

7
Lleidr ar hyd y lle

Y bore wedyn, ymlwybrodd Loti a Jac yn ddiog tuag at y bwyty i gael brecwast. Doedd yr un ohonyn nhw wedi cysgu'n dda iawn, ond roedd Loti fel sombi. Roedd Dicw a Dylan yno hefyd. Roedd yr oedolion wedi cael eu brecwast ac wedi dechrau ar weithgareddau'r diwrnod yn barod.

Doedd y bwyty ddim yn edrych chwarter cystal ag yr oedd o neithiwr, meddyliodd Jac. Yn sicr, doedd y bwyd ddim cystal. Rhyw uwd diflas, un afal a sudd lemwn oedd ar gael i bawb. Roedd darnau o fara wedi eu tostio yng nghanol y bwrdd hefyd, ond roedden nhw wedi oeri ac wedi caledu. Roedden nhw'n teimlo'n debycach i lyfrau bach nag unrhyw beth bwytadwy.

Daeth sŵn dadlau mawr o'r gegin. Clywai Loti a Jac lais Heulwena yn dweud y drefn. Roedd Iestyn yn ceisio'i orau i ddal pen rheswm â hi. Gwrandawai Loti'n astud, astud, ond allai hi ddim deall y geiriau'n ddigon clir i wybod am beth roedden nhw'n sôn. Roedd Jac yn ceisio gwrando hefyd, ond roedd Dicw a Dylan yn eistedd wrth ei ochr ac yn dadlau am eu brecwast.

"Fy uwd i yw hwn ..."

"Fy uwd i yw hwn ..."

Roedd y ddau'n gafael mewn un powlen o uwd ac yn ei thynnu'n ôl ac ymlaen. Meddyliodd Jac am droi tuag atyn nhw i ddweud wrthyn nhw am fod yn dawel am eiliad, ond cyn iddo gael cyfle, gwaeddodd Loti,

"Dicw a Dylan, hisht wir!"

Dychrynodd y ddau a gollyngodd Dicw'r bowlen wrth i Dylan ei thynnu. Hedfanodd y bowlen i'r awyr a glanio wyneb i waered ar ben Jac fel helmed. Llifodd yr uwd i lawr ei fochau fel llysnafedd o drwyn anghenfil anwydog.

"Yyyyych," meddai Dicw a Dylan gyda'i gilydd, cyn dechrau chwerthin. Edrychodd Loti ar Jac yn hanner disgwyl iddo wylltio, neu grio, ond roedd ganddo wên ddireidus ar ei wyneb. Cododd ar ei draed heb ddweud dim, gafaelodd ym mhowlenni uwd pawb a cherdded allan â phowlen uwd Dicw ar ei ben.

Cyn i Loti fedru gweiddi arno daeth Heulwena o'r gegin. Cerddodd heibio i'r tri oedd wrth y bwrdd. Daliodd Loti ei llygaid ac edrychodd hithau arni fel neidr wenwynig.

Diflannodd Heulwena a daeth Iestyn allan o'r gegin yn frysiog a dechrau clirio'r brecwast oedd ar ôl. Wnaeth o ddim edrych ar yr un ohonyn nhw, dim ond mwmian siarad wrtho'i hun.

"Dwi ddim yn deall y peth … roedd digon yn y storfa. Pwy fyddai'n gwneud y ffasiwn beth?"

"Iestyn … Wyt ti'n iawn?" gofynnodd Loti.

Edrychodd Iestyn arni ac yna edrychodd ar Dicw a Dylan, oedd bellach yn reslo ar y llawr am yr afalau.

"Dere 'da fi," meddai Iestyn gan arwain Loti i'r gegin. Dangosodd y storfa fwyd iddi. Roedd y storfa'n hanner gwag.

"Dwi ddim yn deall," meddai Loti gan edrych yn syn.

"Dim bwyd … ma' hanner y bwyd wedi diflannu a 'sa i'n deall y peth o gwbl. Roedd digon 'ma ddoe."

Edrychodd Iestyn tuag at y drws cyn mynd ymlaen i sibrwd, "Dwi'n credu bod rhywun wedi dwyn y bwyd yng nghanol y nos."

Allai Loti ddim credu'r peth. Lleidr bwyd yn y parc?

"Ma' Heulwena'n grac ofnadw. Dyw hi ddim yn fodlon rhoi arian i fi brynu mwy o fwyd. Ond dwi wedi gweud wrthi bod yn rhaid i fi fynd i'r dref i nôl mwy neu bydd pawb yn llwgu. Wedes i wrthi y byddai'r gwesteion yn grac a falle na fyddech chi'n hapus i dalu am eich lle heb fwyd. Aeth hi'n benwan!"

"Be' mae hi am ei neud?" holodd Loti'n syn.

"Wedodd hi ei bod hi am sorto rhywbeth."

Gadawodd Loti'r bwyty â'i phen yn troi. Roedd lleidr ar hyd y lle. Ond pwy fyddai'n dwyn bwyd? Meddyliodd cymaint yr oedd Dicw a Dylan yn caru bwyd, ond allai hi ddim credu y bydden nhw'n ddigon cyfrwys i ddwyn bwyd yng nghanol y nos. Efallai mai teulu o ladron bwyd oedd teulu Mam-gu? Ond doedd Loti ddim yn credu hynny chwaith. Roedd Iestyn a Mam-gu yn ffrindiau.

Allai Loti ddim anwybyddu'r teimlad drwg a'r ias yr oedd hi'n eu cael wrth weld Heulwena. Doedd rhywbeth ddim yn iawn. Penderfynodd y byddai'n mynd i chwilio am Jac – roedd yn rhaid iddi siarad â rhywun.

Pan gyrhaeddodd Loti'r Gweithdy Pren roedd Jac yn sefyll yno â thrôns ar ei ben.

"Jac! Be' ar wyneb y ddaear wyt ti'n neud?"

"Wel, mae'r Trap Saethu Tronsiau yn gweithio. Dwi wedi llwyddo i greu saethwr tronsiau arbennig. Galla i saethu trôns tuag atat ti a bydd y trôns yn glanio ar dy ben! Ond dwi wedi bod yn gweithio ar y Saethwr Uwd hefyd. Ges i'r syniad ar ôl brecwast, ti'n gweld …"

Roedd Jac yn parablu'n ddiddiwedd. Llithrodd llygaid Loti tuag at gornel y gweithdy. Yno roedd pentwr o duniau ffa pob, pasta, blawd, siwgr, wyau, bananas … pob math o fwyd.

"Jac, ble gest ti'r holl fwyd 'na?" holodd.

"Y?" ebychodd Jac.

"Y bwyd, Jac," meddai Loti gan bwyntio tuag at y bwyd yn y gornel.

"O ia, paid â deud …"

"JAC! Plis paid â deud wrtha i mai ti sy wedi dwyn y bwyd?" Allai Loti ddim credu'r peth. Doedd hi ddim yn gwybod beth i'w wneud.

"Doedd neb o gwmpas, a dwi am fynd â beth bynnag dwi ddim yn ei ddefnyddio yn ôl," meddai Jac yn ddiniwed.

"Alli di ddim dwyn bwyd rhywun arall … lleidr wyt ti! Mi fyddi di yn y carchar, Jac!"

"Paid â bod yn wirion, Loti. Dydy Mam ddim yn mynd i ffonio'r heddlu, siŵr."

"Mam?" Yn sydyn, sylweddolodd Loti nad oedd hi a Jac yn siarad am yr un peth. "Jac, lle gest ti'r bwyd 'ma?"

Eglurodd Jac ei fod wedi mynd yn ôl i'w caban nhw ar ôl brecwast i olchi ei wallt uwdiog, a'i fod yn cymryd bod Mam wedi bod yn siopa oherwydd roedd sach o fwyd o dan y bwrdd yno. Doedd Mam a Dad ddim o gwmpas, felly roedd wedi bachu'r sach. Doedd o ddim yn meddwl fod unrhyw beth o'i le ar wneud hynny.

Roedd hyn yn od iawn, meddyliodd Loti. Pam fyddai Mam wedi mynd i siopa bwyd? Dywedodd Loti wrth Jac am sgwrs Iestyn a hi, a beth roedd Mam-gu wedi'i ddweud wrthi am hanes y parc.

Roedd y ddau'n cytuno bod rhywbeth yn rhyfedd am yr holl beth, ac yn ystod y dyddiau nesaf roedden nhw am gadw llygaid barcud ar Heulwena.

"Hi ydy'r person mwya amheus yn y parc," meddai Loti'n feddylgar.

8
Twyll

Aeth diwrnod a noson heibio. Roedd Loti wedi bod yn cadw llygad ar Heulwena ond doedd dim byd od wedi digwydd, a doedd dim mwy o fwyd wedi diflannu o'r storfa. Doedd Loti ddim wedi gweld llawer ar Mam-gu chwaith, ond roedd Dicw a Dylan wedi bod yn cadw cwmni – neu'n hytrach yn cadw reiat – gyda Jac a'i drapiau. Roedd Dicw wedi cael ei ddal gan y Trap Ffa Pob, ond doedd dim llawer o ots ganddo a dechreuodd fwyta'r ffa pob yn llawen.

Ar y trydydd diwrnod, yn gynnar yn y bore, daeth sŵn curo mawr ar ddrws caban Loti a Jac. Cododd Dad yn ei byjamas coch a gwyn, a mynd i agor y drws. Camodd Heulwena i mewn fel mellten flin, a sbonciodd Iestyn ar ei hôl yn ymddiheuro. Roedd Mam, Loti a Jac wedi codi erbyn hyn.

"Mae gennyn ni leidr yn y parc ac mae'n rhaid i mi archwilio caban pawb," meddai Heulwena fel petai hi'n frenhines y byd.

"Esgusodwch fi?" Roedd Dad yn dal yn hanner cysgu. Roedd Heulwena wedi dechrau codi'r clustogau oddi ar y soffa a symud y dodrefn. I ddynes oedd yn edrych fel mop, roedd hi'n rhyfeddol o gryf. Roedd Iestyn yn sboncio o'i chwmpas yn ceisio'i chael i bwyllo. Roedd llygaid Mam yn crynu, ac roedd hi'n amlwg yn wyllt gacwn.

"Miss Jenkins!" meddai Mam yn gadarn. Yn araf, cododd Heulwena sach o fwyd o'r tu ôl i'r soffa.

"A beth yw hwn, tybed?" gofynnodd yn slei. Roedd Iestyn bellach yn syllu ar y sach – yn yr un modd ag yr oedd Loti a Jac yn syllu ar y sach. Roedd y sach yr un fath â'r un roedd Jac wedi'i darganfod o dan y bwrdd ddau ddiwrnod yn ôl.

"Sach o fwyd o'r storfa," sibrydodd Iestyn gan blygu ei ben yn drist.

"Dyna'n union ro'n i'n ei feddwl, Iestyn. Lladron."

"Wow, wow, wow," meddai Dad cyn i Mam roi ei llaw ar ei fraich i'w dawelu. Roedd Mam yn rhyfeddol o dawel a llonydd.

"Mr Rees, dydw i ddim yn eich cyhuddo chi na'ch gwraig, ond efallai fod moch bach eraill yma sydd wedi bod yn dwyn." Edrychodd tuag at Loti a Jac, yn ei gwneud hi'n amlwg ei bod hi'n eu cyhuddo nhw o fod yn lladron. Rhythodd y ddau arni â'u cegau'n agored.

"Nawr, 'sa i'n moyn creu helynt nac amharu ar enw da'r parc gwyliau, felly dwi'n hapus i ni setlo hyn gydag arian," meddai Heulwena. "Fe gewch chi dalu am y bwyd sydd wedi ca'l ei ddwyn ac fe anghofiwn ni am y peth."

"Be'?" Dechreuodd Loti a Jac brotestio ar draws ei gilydd.

"Byddwch yn dawel, chi'ch dau," meddai Mam fel haearn. "Nodwch i lawr ar ein cyfrif be' fydd y gost ac mi dalwn ni'r cyfan ddiwedd yr wythnos."

Gwenodd Heulwena. "Ow, hyfryd, da iawn. Doedd hynna ddim yn anodd, oedd e? Dim ond gobeithio na fydd mwy o fwyd yn diflannu heno." Gadawodd y caban a Iestyn yn llusgo mynd ar ei hôl.

"Mam, wnaethon ni ddim dwyn dim byd, wir yr," meddai Loti a Jac wedi dychryn. Roedd arnyn nhw ofn.

"Dwi'n gwbod," meddai Mam yn dawel. "Mae 'na rywbeth od iawn am y ddynes 'na. Mae hi'n trio'n twyllo ni. Ond fydd hi ddim yn llwyddo."

Roedd gan Mam olwg benderfynol ar ei hwyneb.

Aeth Loti a Jac i'r Gweithdy Pren.

"Be' ti'n feddwl mae Mam am ei 'neud?" holodd Jac.

"Dwi ddim yn gwbod," atebodd Loti. "Ond mae 'na rywbeth bach yn fy mhoeni. Cyn i Heulwena adael mi ddywedodd hi, 'Dim ond gobeithio na fydd mwy o fwyd yn diflannu heno!' Pam fyddai hi'n dweud 'heno'?"

Wrth drafod, daeth Loti a Jac i'r casgliad fod Heulwena yn ceisio twyllo'r teulu i dalu am y bwyd oedd yn mynd ar goll ac roedden nhw'n amau'n gryf y byddai mwy o fwyd yn cael ei ddwyn y noson honno.

"Ti'n meddwl mai hi sy'n dwyn y bwyd?"

"Ydw," atebodd Loti'n gadarn.

Roedd hyn yn rhywbeth enfawr i boeni amdano.

"Dim ond un peth allwn ni ei wneud," meddai Jac. "Mi fydd yn rhaid i ni ddal Heulwena heno, pan fydd hi'n mynd i ddwyn y bwyd."

"Dwi'n cytuno, ond 'dan ni angen help."

Ar y gair, agorodd drws y gweithdy. Yno'n sefyll roedd Mam-gu, fel archarwr mewn dillad oren llachar, a Dicw a Dylan bob ochr iddi.

"Ry'n ni wedi clywed eich bod chi wedi ca'l chydig o helynt gyda Heulwena. Beth allwn ni ei wneud i helpu?" Gwenodd Loti a Jac wrth weld y tri. Roedd cynllun ar waith.

Ar ôl iddyn nhw fod yn cynllwynio trwy'r bore, aeth Mam-gu, Dicw a Dylan yn ôl i'w caban.

"Mae'n rhaid i bawb gael prynhawn arferol, rhag i neb amau dim. Dewch yn ôl i'r fan hyn am hanner nos heno … a chofiwch wisgo dillad duon," meddai Jac wrth y tri cyn iddyn nhw adael. Edrychodd ar Loti a gallai weld fod rhywbeth arall ar ei meddwl.

"Mae 'na rywbeth arall 'dan ni angen ei wneud," meddai hi. "Dwi'n meddwl y dylen ni wneud gwaith ymchwil ar y we am Heulwena Jenkins … os mai dyna'i henw iawn hi."

"Ond elli di ddim mynd ar y we – does 'na ddim *wi-fi* yma!"

"Mae'n rhaid bod ei chyfrifiadur hi wedi'i gysylltu â'r we yn y swyddfa!"

Edrychodd Jac ar Loti'n amheus. Oedd hi'n bwriadu torri i mewn i swyddfa Heulwena?

Y prynhawn hwnnw, aeth Jac tuag at y Caban Croeso. Daeth Heulwena allan a gwneud wyneb fel petai hi'n bwyta lemwn sur wrth ei weld.

"A beth ma' lleidr bach fel ti moyn?"

"Dwi wedi dod i ymddiheuro o waelod calon. Chi sy'n iawn. Ni wnaeth ddwyn y bwyd. 'Dan ni'n blant drwg, drwg iawn."

Aeth Jac yn ei flaen am amser hir a Heulwena'n edrych yn groes arno.

"Ych a fi, mae plant yn bethau ffiaidd," meddai.

"Dwi'n gwbod, dwi'n cytuno,

ffiaidd. Dwi'n pigo fy nhrwyn, ac yn bwyta'r baw weithiau."

Tra oedd Jac yn malu awyr ac yn siarad fel melin bupur gyda Heulwena, roedd Loti wedi sleifio fel ninja i'r swyddfa. Doedd hi ddim yn siŵr beth roedd hi'n disgwyl ei ddarganfod, ond roedd ganddi deimlad fod Heulwena'n cuddio rhywbeth. Taniodd y cyfrifiadur. Roedd hwnnw fel hen ddyn yn ceisio deffro, yn araf ac yn swnllyd. Doedd ganddi ddim amser i'w wastraffu. Aeth ati i dwrio trwy'r papurau, agor droriau a ffeiliau a chwilio am unrhyw beth. Dychmygai y byddai'n darganfod cerdyn adnabod Heulwena ag enw arall arno.

Yn sydyn, gwelodd ffolder a'r enw Hywel Jenkins arno. Agorodd y ffolder a dechrau darllen y cynnwys. Agorodd ei llygaid yn enfawr fel dwy badell ffrio wrth iddi ddarganfod cyfrinach anferthol. Yn sydyn, clywodd sŵn ceiliog.

"Cocadwdldŵ!"

Bloeddiodd Jac wrth i Heulwena gerdded oddi wrtho tuag at y Caban Croeso a'r swyddfa. Trodd hithau yn ôl i edrych arno'n syn.

"Be' sy'n bod arnat ti?"

"O … ym … yr awyr iach … byd natur … dwi'n teimlo fel ceiliog dandi do! Cocadwdldŵ!" bloeddiodd eto.

Cyn i Heulwena droi'n ôl at y Caban Croeso am yr eilwaith, llithrodd Loti allan ohono a chuddio yn y coed cyn iddi ei gweld.

Pan gyrhaeddodd y ddau'r Gweithdy Pren, wedi rhedeg yr holl ffordd, edrychodd Loti yn llawn cyffro ar Jac.

"Dyfala be' …" meddai.

"Ymmm … mae Heulwena yn

fop go iawn sydd wedi dod yn fyw
ac wedi dwyn croen rhyw ddynes
anffodus o Gaerfyrddin?"

Gwenodd Loti.

"Mae Heulwena Jenkins wedi bod
yn twyllo pawb ers blynyddoedd,"
meddai.

9
Y cynllun mawr

Y noson honno roedd Loti, Jac, Dicw, Dylan a Mam-gu wedi cripian o'u gwlâu yn dawel bach ac wedi cyfarfod wrth y Gweithdy Pren. Roedd pawb yn gwisgo du … pawb heblaw un ohonyn nhw.

"Mam-gu, ble mae'ch dillad du chi?" holodd Loti wrth edrych arni yn ei gwisg loncian lachar, oren.

"Wel, roedd raid i mi wisgo'r rhain. Dwi'n gallu symud yn gynt ynddyn nhw."

Rholiodd Jac ei lygaid ac ysgwyd ei ben. Doedden nhw ddim yn edrych fel tîm o ysbïwyr cudd o bell ffordd. Roedd Dicw a Dylan yn gwisgo dillad du, chwarae teg iddyn nhw, ond wedi dwyn dillad du eu llysfam oedden nhw, ac roedd y dillad yn llawer rhy dynn i'w boliau crwn. Roedd botymau bol gwyn y ddau i'w gweld yn glir yn y nos.

Byddai'n rhaid iddyn nhw symud yn gyflym os oedden nhw am ddal Heulwena'n dwyn y bwyd o'r storfa.

Aeth y pump ar flaenau eu traed gan gario'r offer ar gyfer gosod y Trap Saethu Tronsiau, y Trap Tynnu Coes a'r Saethwr Uwd. Ymhen hanner awr roedd popeth yn ei le. Roedd Jac am saethu trôns tuag at ben Heulwena, a byddai'r trôns yn gorchuddio'i hwyneb fel na fyddai hi'n gallu gweld. Byddai Dicw a Dylan yn saethu uwd tuag ati, a byddai hyn yn gwneud iddi gamu'n ôl yn syth i'r Trap Tynnu Coes.

"Mi fyddwn ni wedi'i dal hi wedyn!" meddai Loti'n falch. Swydd Mam-gu oedd gwneud sŵn gwdihŵ pan fyddai Heulwena'n dod.

Aeth pawb i'w lle'n barod ar gyfer un o nosweithiau mwyaf brawychus a chyffrous eu bywydau. Roedd calon pob un ohonyn nhw'n curo fel carnau ceffyl ar garlam. Roedd Loti'n gorwedd ar ei bol gyda Jac. Buon nhw'n gorwedd yn dawel yno am tua deg munud. Roedd hynny'n amser hir yng nghanol y nos, a dim sôn am Heulwena.

Roedd Dicw a Dylan wedi dechrau dadlau pwy oedd am saethu'r uwd yn gyntaf. Ceisiodd Loti wneud arwyddion arnyn nhw i fod yn dawel.

"Dau dwmffat ydy'r ddau yna," sibrydodd wrth Jac.

"Maen nhw'n iawn. Dwi wedi ca'l tipyn o sbort efo nhw."

Edrychodd Loti arno'n dawel. Roedd hi'n gwybod nad oedd gan Jac lawer iawn o ffrindiau, felly roedd hi'n falch ei fod yn cael amser da ar y gwyliau … er bod dynes wallgof yn ceisio'u cyhuddo o ddwyn. Roedd hi ar fin dweud wrth Jac ei bod hi'n meddwl bod ei ddyfeisiadau'n wych ac y byddai hi'n ffrind iddo am byth, pan glywodd y ddau sŵn gwdihŵ.

"Mae rhywun yn dod," meddai Jac gan godi'r saethwr tronsiau yn barod i anelu.

Gwelodd y ddau gysgod tal, tywyll yn cerdded tuag atyn nhw yn slei bach. Roedd calon Jac yn gwibio. Wrth i'r cysgod ddod yn nes, caeodd ei lygaid a saethu'r trôns mawr drwy'r awyr. Glaniodd y trôns ar ben y cysgod. Gwnaeth y cysgod sŵn rhyfedd. Safodd Jac ar ei draed. Roedd wedi clywed y sŵn yna o'r blaen.

Yn sydyn, gwaeddodd Loti ar Dicw a Dylan.

"A-wê, hogia!"

Saethodd y ddau ffrwydriadau o uwd gan daro'r cysgod. Camodd y cysgod yn berffaith i'r Trap Tynnu Coes, chwipiodd y rhaff, ac mewn chwinciad chwannen, roedd hi'n hongian gerfydd ei choes.

Rhedodd y pump tuag at Heulwena wrth i'r trôns lithro oddi ar ei phen. Ond nid Heulwena oedd yno!

"Dad!" Syllodd Loti a Jac mewn braw wrth weld Dad yn hongian ac yn brefu mewn poen. Yna, ymddangosodd Mam o rywle.

"Be' dach chi wedi'i neud?"

"Be' dach chi'n neud yma?" holodd Loti wrth eu gweld.

"Wel, mae'n beth brawychus iawn darganfod nad ydy'ch plant yn eu gwlâu. Roeddan ni'n amau y byddai gennych chi ryw gynllun gwirion."

Yna, fflachiodd golau'r bwyty ymlaen a thaflwyd y golau i gyd arnyn nhw. Daeth sŵn chwerthin hyll o ddrws y bwyty a chlapio araf, unig.

"Edrychwch arnoch chi … pathetig!" Heulwena oedd yno. "Alla i ddim credu eich bod chi'n meddwl y gallech chi fy nhwyllo i. Chwarae teg i chi … beth yw'ch enwau chi eto? Loli a Bob?"

"Loti a Jac!" atebodd Jac yn flin.

"Chwarae teg i chi am fynd i gymaint o drafferth i ddal eich tad – y lleidr bwyd. Dwi wedi galw'r heddlu'n barod."

"Peidiwch â bod yn wirion, fenyw," meddai Mam-gu. "Ry'n ni i gyd yn gwybod pwy yw'r lleidr."

"Efallai'n wir, ond ro'n i angen galw'r heddlu beth bynnag. Chi'n gweld, roedd rhywun wedi torri i mewn i'r swyddfa a dwyn cannoedd o bunnoedd. Rhywun sydd braidd yn anniben, wedi gadael llanast ar ei hôl. Mrs Rees, ydych chi'n adnabod rhywun sy byth yn tacluso ar ei hôl?"

Trodd Mam a Jac i edrych ar Loti. Camodd Loti tuag at Heulwena.

"Do, mi fues i yn eich swyddfa chi. Nid i ddwyn arian, ond i ddwyn rhywbeth pwysicach." Tynnodd Loti ffolder Hywel Jenkins o'r tu mewn i'w chôt.

"Lle gest ti hwnna? Dogfennau preifat Wncwl Hywel yw'r rheina," meddai. Roedd cysgod o ofn ar wyneb Heulwena bellach.

Agorodd Loti'r ffolder a gofyn, "Pwy ydy Heulwen Davies?"

Aeth wyneb Heulwena'n goch a chaeodd ei gwefusau'n dynn.

Aeth pawb yn dawel. Syllai Loti'n heriol ar Heulwena. Ond fel sŵn gwdihŵ unig yng nghanol distawrwydd y nos, daeth llais Mam-gu:

"Fi. Fi yw Heulwen Davies."

"Beth?" meddai Loti a Jac yn syn.

"Peidiwch â dweud celwydd. Ry'ch chi'n dechrau drysu, fenyw," cyfarthodd Heulwena yn gas.

"Fi yw Heulwen Davies. Fi … dyna beth yw fy enw."

Cymerodd Mam y ffolder gan Loti a darllen ei chynnwys yn dawel.

"Wel, wel! Heulwen Davies, mae'n debyg mai i chi wnaeth Hywel Jenkins adael y parc gwyliau – ac nid i Heulwena. Mae hi wedi twyllo pawb! Mae'r cyfan yn y ffolder."

Rhoddodd Mam y ffolder yn nwylo Mam-gu. Ar hynny, clywodd pawb seiren yr heddlu'n dod yn nes … a rhyw sŵn brefu od. Roedd Dad druan yn dal i hongian ben i waered ag uwd oer yn llifo i'w drwyn.

10
Raffl ... eto!

Cafodd Heulwena Jenkins ei rhoi yn y carchar am dwyllo a dweud celwydd. Cafodd Mam-gu a'i theulu wybod y cyfan a chael yr allweddi i'r parc gwyliau. Roedd Hywel Jenkins wedi bod mewn cariad â Mam-gu ers blynyddoedd ond chafodd o ddim cyfle i ddweud wrthi. Felly, penderfynodd adael y parc iddi gan wybod y byddai hi'n gofalu amdano. Roedd Mam-gu mor ddiolchgar i Loti a Jac am bopeth fel y rhoddodd docyn aur i'r teulu i ddod yn ôl am wyliau unrhyw bryd, am ddim.

Yr wythnos ganlynol, roedd bywyd yn ôl i'r arferol yng nghartref y teulu Rees. Roedd Mam wrth ei desg yn gweithio, roedd Dad yn ôl yn yr ysgol, roedd Jac yn ôl wrth ei ddyfeisiadau, ac ystafell wely Loti yr un mor flêr ag erioed.

Ond un prynhawn, daeth Dad adref a bloeddio:

"Dyfalwch be' …!"

"Mae'r pennaeth wedi bwyta'r plant i gyd."

"Mae MI5 wedi cynnig swydd i ti."

"Mae dy esgidiau wedi troi'n siocled ac rwyt ti wedi eu bwyta."

"Na! Dwi wedi ennill raffl … eto!"

"Be'?" meddai'r tri arall yn chwilfrydig.

Gwenodd Dad fel giât. Yn ei law roedd bag plastig clir a physgodyn aur bach, hapus yn nofio'n llon.

"Dwi wedi ennill Doris yr Ail!"